LAMIA BERRADA-BERCA

Kant und das kleine rote Kleid

LAMIA BERRADA-BERCA

Kant und das kleine rote Kleid

Roman

Aus dem Französischen von
Hanna Klimesch

PENDO

Mehr über unsere Autoren und Bücher:
www.pendo.de

Die französische Originalausgabe erschien 2016
unter dem Titel »Kant et la petite robe rouge«
bei den Éditions La Cheminante, Ciboure.

FSC
www.fsc.org
MIX
Papier aus verantwortungsvollen Quellen
FSC® C014496

ISBN 978-3-86612-432-5
2. Auflage 2017

Satz: Satz für Satz, Wangen im Allgäu
Gesetzt aus der Sabon
Druck und Bindung: GGP Media GmbH, Pößneck
Printed in Germany

1

Sie ist auch vorher schon daran vorbeigekommen, ohne es jedoch zu sehen.

Ohne es sehen zu wollen, um genau zu sein.

Sicherlich wegen des Schleiers, den sie trägt und durch den sie sich von den anderen unterscheidet. Am nächsten Tag ist sie noch einmal daran vorbeigegangen, und plötzlich vollzog sich eine erstaunliche Wandlung. Sie spürte, dass sie Sehnsucht danach empfand.

Die Sehnsucht ist für sie eine in Vergessenheit geratene Sache. Tage, Monate, Jahre des vollkommenen Schweigens haben sie unter sich begraben. Eine lächerliche Sehnsucht, dessen ist sie sich durchaus bewusst. Ihre Existenz ist eine Schande, weil sie in nichts Ehrbarem wurzelt.

Doch wie soll man unterscheiden, was ehrbar ist und was nicht?

Mit dreiunddreißig Jahren spürt sie Verlangen, ja zum allerersten Mal, wird ihr klar. Sie würde es tatsächlich so ausdrücken: Sie hat Lust auf dieses rote Kleid.

Es ist nicht nur Sehnsucht.

Und nicht nur das Kleid.

Aber allein die Tatsache, dass es rot ist, ist schon schlimm genug.

Schließlich fürchtet sie, verrückt geworden zu sein, und läuft nach Hause, in Sicherheit.

2

An diesem Abend kommt der Ehemann spät nach Hause, doch das Abendessen ist fertig. Und wartet auf ihn. Wie sie.

Ihre kleine Tochter ist schon im Bett.

Der Abend ist angespannt ruhig. Als ob der Himmel nach dem Sturm, wie flüchtig er auch gewesen sein mochte, nicht mehr zu seinem unbewegten Gesichtsausdruck zurückfinden würde.

Unbewegt und schweigend isst auch der Ehemann sein Abendessen, während er dem krächzenden Fernseher zuhört. Die kleine Tochter schläft nebenan. Und sie selbst macht kein Geräusch. Nichts und niemand macht mehr ein Geräusch.

Das Schweigen kommt ihr wie ein Beweis vor, und die junge Frau möchte ihn nicht wegwischen oder relativieren.

Der Beweis ist da.

Alles ist aufgeräumt an diesem Abend, der sich dem Ende zuneigt, und kein Wort deutet auf das Geschehene hin. Denn es ist sehr wohl etwas geschehen: Das ruhige Gesicht der jungen Frau trägt Spuren der Sehnsucht. Eine flüchtige Erinnerung, die im Traum der Nacht wachsen wird.

Doch erst einmal legt sich die junge Frau neben ihren Ehemann, der bereits schläft.

3

Beim Aufwachen ist die Sehnsucht noch immer da.

Gemeinsam mit der Nacht gehen nur die schlechten Träume und die schlechten Leidenschaften. Das waren die Worte ihrer Großmutter.

Die Sehnsucht nach einem roten Kleid ist eine schreckliche Sünde, wenn man von klein auf weiß, dass man auf die Welt gekommen ist, um ein schwarzes Kleid zu tragen, ein langes Kleid, das den ganzen Körper bedeckt, das Schwarz der Haare, ja selbst das Schwarz der Augen und was es auszudrücken vermag. Sich in schwarze Dunkelheit zu hüllen bedeutet, geschützt zu sein, geschützt vor dem Verlangen der Männer. Denn diese haben das Recht, Verlangen zu empfinden.

Was die Männer machen oder gerne machen würden, ist immer legitim.

Es ist die Aufgabe der Frauen, die Männer vor den Frauen zu schützen. Sie kennt die große Sünde der Frauen. Von wem und auf welchem Weg sie davon erfahren hat, ist einerlei – sie ist sich sicher, es schon immer gewusst zu haben, seit Menschengedenken, seit Anbeginn der Zeit. Wichtig ist lediglich zu wissen, dass es immer schon die große Sünde der Frau gewesen ist, den Mann zu verführen.

Deshalb muss man Frauen wie sie bis in alle Ewigkeit an ihre Schuld erinnern.

Indem man sie als Frau auslöscht, alles auslöscht, was das Verlangen des männlichen Geschlechts zusätzlich anfachen könnte. Denn das Böse ist und kann nur der Geruch des Weiblichen sein, betonten unablässig diejenigen, von denen sie umgeben war, damals, als die junge Frau noch ein kleines Mädchen war und bei ihrer Großmutter lebte.

4

Das kleine Mädchen, das noch keine junge Frau ist, weiß nicht, was eine Sünde ist. Doch man bringt es ihr bei, anstatt sie lesen und schreiben zu lehren.

Man bringt ihr vor allem bei, dass die Sünde viele Gesichter hat. Im Laufe der Jahre soll sie also lernen, die verschiedenen Formen und Facetten zu erkennen, um sich nicht in die Falle locken zu lassen. Dies lernt sie, anstatt die Schrift zu erlernen, deren vielfältige Zeichen dazu dienen, Wissen zu erweitern – was wiederum verführerisch und, wie alles Verführerische, mehr oder weniger teuflisch ist.

Es ist sinnvoller, ja geradezu unerlässlich, die Sünden zu kennen, die die Tradition lehrt. Gefährlich hingegen ist es, zu glauben, dass man selbst lernen kann, zwischen dem Guten und dem Bösen zu unterscheiden, wiederholten unablässig diejenigen, von denen sie umgeben war, damals, als die junge Frau noch ein kleines Mädchen war und bei ihrer Großmutter lebte.

Viel sinnvoller, als all diese Dinge zu lernen, die den Kopf der Frauen nur überfordern würden. Sie müssen nichts weiter lernen, als ihrem Ehemann zu gehorchen, fügten sie noch hinzu.

Und nach und nach verliert das kleine Mädchen die Unschuld, dank der es nicht einmal wusste, was eine ganz kleine Sünde ist.

Die junge Frau, die sie nun ist, hat gelernt, sich selbst zu vergessen, sie vergisst beinahe alles, was das kleine Mädchen von damals sich noch vorstellen konnte.

5

Als der Ehemann zur Arbeit und ihre kleine Tochter zur Schule aufgebrochen sind, geht die junge Frau zum Markt, bereitet das Essen vor und bemüht sich, dabei keinen Laut zu machen.

Den ganzen Tag über wacht sie geräuschlos über ihre Einsamkeit.

Dann, als sie einmal darüber nachdenkt, fällt ihr auf,

dass diese Einsamkeit eigentlich nichts Neues ist, dass sie immer schon allein war, seit sie geheiratet hat.

Einsam sitzt sie neben dem Mann, der ihr Ehemann ist. Ein winziger, respektvoller Abstand hält sie auf Distanz, wobei sie diesen Respekt auch mit Gleichgültigkeit gleichsetzen könnte. Andere Frauen dagegen empfinden gewiss Abscheu oder Furcht.

Einsam steht sie neben ihrer kleinen Tochter, die beflissen ihre Hausaufgaben macht.

Einsam, weil ihre kleine Tochter inzwischen lesen und schreiben kann und durch den Spalt einer Tür hinaustritt in eine Welt, die sie nicht kennt.

Die Einsamkeit ist das Einzige, was der jungen Frau bleibt und was wirklich ihr gehört.

Ihre älteste Gewohnheit.

Ihre andere Gewohnheit ist, zum Fenster hinauszuschauen und zu träumen, wenn sie weiß, dass niemand da ist, um sie davon abzuhalten. Die Erlaubnis dazu gibt sie sich selbst.

6

Die junge Frau sitzt nun am Fenster und betrachtet etwas, das nicht existiert.

Der Horizont ist leer.

Sie wartet nicht darauf, dass sich dort etwas zeigt. Sie hat sich daran gewöhnt, dass da nichts ist.

Und doch liegt sie heute auf der Lauer, sie beobachtet gespannt und aus der Distanz.

Denn hinter dem Nichts, so sagt sie sich plötzlich, könnte vielleicht doch eine Welt existieren.

In ihren Händen hält sie eine Gebetskette, deren Perlen an den Tanz der Wolken erinnern.

7

Die Gebetskette bewegt sich.

Die junge Frau spricht.

Die Sehnsucht nach einem roten Kleid ist eine schreckliche Sünde, wenn man eine Frau ist.

Ihre erste Sünde ist, dass sie – es lässt sich nicht bestreiten – eine Frau ist.

Ihre zweite Sünde ist, der törichten Idee zu verfallen, sie wäre eine Frau wie jede andere und könnte sich wie jede andere ausdrücken.

Ihre dritte Sünde ist, zu glauben, dass sie Sehnsucht empfinden und dieser auch Ausdruck verleihen dürfte.

Ihre vierte Sünde ist, überhaupt Sehnsucht zu empfinden und sich also zuzugestehen, für sich selbst zu existieren.

Ihre fünfte Sünde ist, eigenständig existieren zu wollen, und ihre sechste Sünde ist, diesen naiven Wunsch zu verfolgen, was nun die siebte Sünde nach sich zieht – die Idee, sie wäre ein Individuum.

Die junge Frau weiß, dass diesem fremdartigen Wort Schreckliches anhaftet. Sie lässt die Perlen ihrer Gebetskette immer schneller durch ihre Hände gleiten, und hintereinander ertönen die Sünden dieses Morgens, bis zur achten, die für die Unendlichkeit ihrer Sünden steht und nichts anderes ist als die Summe aller anderen Sünden.

Sie weiß nicht, ob sie das, was sie sagt, auch wirklich meint oder nur aufsagt.

8

Es war vor langer Zeit.

Der Mann führt an jenem Tag seinen Namen, seinen Vornamen, sein Alter und die Geschlechterfolge seiner Eltern an.

Der Akt der Hochzeit selbst gleicht – merkwürdigerweise – einer sehr nüchternen Befragung.

Die Unterschrift, die aus einem einfachen Kreuz besteht, beschließt im Anschluss daran das Protokoll.

In der Hochzeitsnacht fällt ihr Mann gewaltsam über sie her.

Sie beklagt sich nicht.

Das Vorzimmer der Ehe ist kalt.

Zum ersten Mal treffen sie ungestört aufeinander, ihr Mann und sie, um zu reden.

Sie erinnert sich nicht mehr, wie genau die Angelegenheit – ihre Ehe, die sie *die Angelegenheit* nennt – überhaupt zustande gekommen ist.

Seltsamerweise war das Gesicht ihrer Großmutter beherrscht von Traurigkeit. Warum?

Sie glaubt sich vage zu erinnern, wie diese faltige Hand sanft ihre Haare glatt streicht.

Der Blick, der letzte Blick, spricht aus, wofür Worte fehlen. Er ist voller Würde.

Meine Enkelin ist gestorben, denkt die Großmutter. Man hat sie verheiratet.

Heute nennt die junge Frau es *verkauft*, denn heute weiß sie, dass es fast gleichbedeutend ist, ob man verheiratet oder verkauft wird.

Man zahlt einen hohen Preis dafür, dass man eine Frau ist. Das erkennt sie an jenem Tag, als sie den Wert ihrer Mitgift abwägt.

9

Seit ihr Ehemann an diesem Morgen das Haus verlassen hat, hat sich die junge Frau nicht von der Stelle gerührt.

Sie fürchtet, die Falten ihres Kleides durcheinanderzubringen, die Windungen in ihrem Gehirn.

Seit jeher ist Rot eine Farbe, die sie fasziniert. Sie erinnert sich, wie sich an einem Festtag das Blut eines Schafes über den Boden ergießt. Später vermischt es sich mit dem Blut auf dem Bettlaken in der Hochzeitsnacht. Und immer wieder kehrt das Blut zurück wie ein Refrain, in dem sich auf geheimnisvolle Weise Freude und Schmerz mischen, in dem der Schrei des toten und der des lebendigen Fleisches sich miteinander verbinden.

Rot ist in ihrer Geschichte keine Farbe, es ist ein Schrei. Die junge Frau weiß jetzt: Wenn das Kleid aus dem Schaufenster nicht genau dieses Rot, das Rot des Schreis, gehabt hätte – sie hätte sich vielleicht nie die Mühe gemacht, es länger zu betrachten.

Seit sie aber das rote Kleid im Schaufenster betrachtet hat, sieht sie den Horizont mit ganz anderen Augen.

Auch vom Horizont dringt nun aus der Ferne ein Schrei an ihr Ohr.

10

Lange Zeit, ganze Stunden muss sie auf diese Weise den Horizont betrachten, ohne sich zu bewegen.

Sie ist wie der Horizont selbst, unbeweglich und geduldig.

Sie betrachtet eine Welt, in der nichts geschieht, die aber existiert. Oder die nicht existiert, in der aber etwas geschehen könnte – je nachdem, wie man es sieht.

Die junge Frau denkt eine Sache, dann eine andere. Am Ende hört sie ganz auf zu denken.

Denn ihre Sehnsucht ist genauso reglos und geduldig geworden wie die Linie des Horizonts.

Denn ihre Sehnsucht dehnt sich ins Unendliche wie die Linie des Horizonts.

Denn wenn es der Sehnsucht einmal gelungen ist, den glühenden Blick zu schärfen, verwandelt sie sich in die Verheißung eines anderen Morgens.

11

Die junge Frau verlässt das Haus, noch bevor es vier Uhr ist. Die Kleine wird bald aus der Schule kommen.

Sie rechnet genau nach. Sie hat eine Stunde ganz für sich, nur für sich allein. Sie umklammert mit beiden Händen die schwarze Hülle, die sich um ihren Körper legt, ihr finsteres Kleid, ihre finstere Entschlossenheit. Sie schreitet die Straße entlang, ihre Schritte sind schnell, und sie schaut niemanden an. Doch kann sie eigentlich etwas sehen?

Sie sagt, sie kann sehen. Sie sieht die Welt durch das Geflecht einer wehenden Maschrabiyya. Zeitweise tauchen Gesichter in den winzigen Fenstern auf. Sie sagt, dass das Sichtbare immer wichtiger ist als das, was nicht sichtbar ist. Und so befasst sie sich auch nur mit den Dingen, die für sie sichtbar sind.

Sie geht mit eiligen Schritten. Ihre Hände umklammern noch immer das verhüllende Verlies.

Niemand kann alles von der Welt sehen, sagt sie. Selbst das Fernsehen berichtet nicht alles aus der Welt, auch das Radio nicht oder die Zeitungen. Selbst die Mütter wissen nicht, was ihre eigenen Kinder auf dem Schulhof gemacht haben, wenn sie weinend nach Hause zurückkehren, weil sie sich angeblich die Knie aufgeschlagen haben, obwohl sie in Wirklichkeit erpresst und verprügelt worden sind … Letztendlich muss man sich eingestehen, dass man nie alles sehen oder wissen kann, was in der Welt vor sich geht, in der man lebt.

Doch heute weiß sie, dass auch sie gesehen werden möchte.

Sie will nicht mehr die Nacht sein, inmitten der Welt um sie herum. Sie will kein toter Stern mehr sein, kein steinernes Gesicht mehr, das nichts verrät von seiner Wut oder seiner Traurigkeit. Sie will aufhören, nicht zu existieren, nicht mehr zu existieren. Und deshalb muss sie nun diejenigen zur Kenntnis nehmen, die sie sehen werden. Das ist es, was ihr Angst macht und weshalb sie immer schneller geht, ohne dass sie sich dessen überhaupt bewusst wird.

Sie denkt, dass die Wahrheit dort beginnt, mit diesem Gefühl, ein nackter Körper zu sein, den Blicken der anderen ausgeliefert, eine nackte Seele, der Wahrheit der anderen ausgeliefert. Und die Wahrheit ist der Kern all dessen, was ihr Angst macht – kalt und nackt, wie sie ist.

All das, was sich hinter ihrer wehenden Maschrabiyya verbirgt, verblasst hinter dieser Festungsmauer der Einsamkeit, die den Rest ihres Lebens von der Welt fernhält.

12

Sie sieht es.

Es ist immer noch da, immer noch rot, ihr Kleid.

Sie sieht es zuerst aus dem Augenwinkel, aus der Ferne, als ob sie darauf wartete, dass die Ampel auf Rot springt, um es in Ruhe bewundern zu können.

Dann zieht es sie zum Schaufenster hin.

In dieser Straße gibt es nicht viele Schaufenster, in denen Kleider ausgestellt werden.

Hauptsächlich befinden sich dort Buchläden, die das Heilige Buch und eine Reihe anderer Dinge verkaufen: Gebetsketten, Teppiche und Djellabas für die Pilgerreise nach Mekka. Sie persönlich kennt die Lebensmittelgeschäfte und Gemüsehändler besser, die frische Minze, Koriander und Safran anbieten. Ihre Waren sind fast so gut wie zu Hause, weil sie direkt von dort kommen.

Von der Stadt, in die ihr Mann sie gebracht hat, kennt sie nur das: diesen Häuserblock an der Metrostation *Couronnes*, wohin sie sich wagt, um ihre Einkäufe zu erledigen.

Doch die Boutique liegt etwas weiter die Straße hinunter, jenseits der Kreuzung. Sie muss ihre Angst überwinden und die Grenze, die ihr Mann ihr in ihrer Vorstellung errichtet hat. Ihre innere Karte vergrößert sich um einen weiteren Häuserblock.

Die Boutique, in der ihr Kleid auf sie wartet, heißt *Chez Héloïse*.

13

Rot ist eine Farbe des Südens. Es leuchtet tagtäglich in den einfachsten Speisen: in frischen Salaten aus Tomaten und Paprika, in über der Glut gegrillten Paprika, in den Tomatenwürfeln in der Harira, in der Harissapaste oder dem duftenden Pfeffer … Jedes Land weiß Rot in seiner Küche zu schätzen.

All das isst der Ehemann am Abend voller Genuss. Die junge Frau selbst isst nichts. Die Sehnsucht brennt in ihr.

Sie überlegt, dass bald Schlussverkauf sein müsste und sie sich dann das Kleid kaufen könnte, auch wenn sie es nicht anziehen würde.

14

Das Verlangen, das tagsüber in ihr brennt, ist nicht mehr da, wenn ihr Mann zu Bett geht.

Sie hat ihr Haar geöffnet und es parfümiert, so wie sie es jeden Abend macht.

Ihr Mann beteuert wie immer, sie sei die schönste aller Frauen, sie gehöre ganz ihm und er sei stolz darauf. Sein Eigen, für den Rest des Lebens.

Er hat ihr versprochen, als sie geheiratet haben, dass er sie weit wegbringen würde, an einen anderen Ort, dass er zeigen würde, wo er das Geld verdient, das er in ihrem Land nicht hat. Und dass es dort ganz anders sei. Was er angekündigt hat, hat er auch wahr gemacht.

Doch er hat ihr auch gesagt, beinahe schon arrogant hat er gewagt zu sagen, dass sie dort sehr glücklich sein würde. Als ob er wüsste, was Glück bedeutet für eine Frau …

Die junge Frau hat ihm geglaubt.

Man hatte ihr beigebracht zu glauben, was die Männer sagen. Und dieser Mann war ja nicht irgendein Mann, er war ihr Ehemann. Er hat sie in dieses Land gebracht, das sie nicht kannte, aber glücklich geworden ist sie nicht.

Sie erkennt, dass jedes seiner Worte dazu dient, eine riesige Lüge wie diese zu verbergen.

Doch am Abend tut sie, als hätte sich nichts geändert. Sie gehört ihm, wahrhaftig.

Sie streckt sich der Länge nach im Bett aus und wartet ruhig, bis er in ihr zum Höhepunkt kommt.

Genau in diesem Moment begreift sie es – es ist schwierig in Worte zu fassen, sie weiß selbst nicht, wie sie es formulieren soll –, doch die Entdeckung ist so einschneidend wie erhellend. Sie versteht plötzlich, dass sie so nie glücklich sein wird und dass das vielleicht die erste, die allererste aller Wahrheiten ist.

15

Wenn die schwarz verschleierte Frau durch die Straßen geht, wählt sie den am wenigsten bevölkerten Gehsteig und den kürzesten Weg zu ihrem Ziel.

Wie ein Soldat in feindlichem Gebiet.

Oder ein wandelnder Geist inmitten von Lebenden.

Dieser Ausflug in die Öffentlichkeit findet üblicherweise am Vormittag statt, wenn sie die Zutaten für das Abendessen ihres Mannes und ihrer Tochter kauft.

Sie achtet darauf, dass die Kleine sauber und wohlgenährt ist. Und dass das Haus sauber und ordentlich ist. Die junge Frau ist darauf geeicht, auf das Glück der anderen zu achten. Unauffällig und diskret, ohne den Blick auf sich zu ziehen, sondern die Welt vielmehr glauben machend, dass die altüberlieferte Wertschätzung der Ordnung der Dinge ein einfaches und bescheidenes Glück beschert. Ganz ohne Knicke und Falten. Wie ein Glücksschleier, der über das Leben gebreitet wurde.

All die restlichen Dinge: Papiere sortieren, sich um die Rechnungen kümmern, zur Bank und zur Post gehen, das Haushaltsbuch führen, der Tochter Autorität und Wissen vermitteln, all das ist dem Ehemann vorbehalten. Jeden Samstag kümmert er sich gewissenhaft darum und jeden Sonntag ebenfalls.

In ihrer Heimat findet man, dass sie Glück hat mit einem Mann wie ihm, der arbeitet und sein Gehalt nicht im Café vertrinkt oder verspielt.

Die junge Frau antwortet, dass solche Männer sich verlaufen haben, seit sie hier leben.

Liegt es an der Trostlosigkeit des Landes, an der Notwendigkeit zu vergessen, wo sie sind?

In ihrem Heimatland ist es noch schlimmer, erzählt man ihr. Wie viele trinken im Café und eilen dann nach Hause, um ihre Frau zu schlagen, mit der einzigen Rechtfertigung, dass sie Männer sind ...

Die junge Frau findet tatsächlich, dass sie großes Glück hat. Ihr Mann schlägt sie nicht.

Er begnügt sich damit, sich zu verhalten, als existierte sie nicht.

16

Am nächsten Tag hat die kleine Tochter Bauchschmerzen.

Die junge Frau hält ihre glühende Stirn.

Gemeinsam verbringen beide den ganzen Tag damit, den Horizont zu betrachten, die eine im Sitzen, die andere liegend.

Das Schweigen verbindet sie, stärker als tausend Worte es vermocht hätten.

17

Die Lehrerin möchte dennoch wissen, warum die Kleine nicht gekommen ist.

Sie ruft um fünf Uhr an, da sie weiß, dass die junge Frau eine Nachricht im Hausaufgabenheft der Tochter sowieso nicht lesen könnte.

Wenige Worte nur, das ist alles, was die junge Frau versteht.

»Machen Sie sich keine Sorgen«, sagt die Lehrerin. »Kommen Sie morgen einfach vorbei, und wir können reden. Ich habe eine Dame einbestellt, die für uns übersetzen wird.«

18

Es stellt sich heraus, dass die Dame aus ihrem Land kommt. Aus dem Norden. Ein rauerer Dialekt.

Die Lehrerin stellt sie mit den Worten vor: »Diese Dame ist von der Beratungsstelle für afrikanische Frauen. Sie ist gekommen, um uns zu helfen.«

Während sie dort gemeinsam sitzen, entdeckt die junge Frau ganz im Stillen ihr Gesicht.

Sie hat Vertrauen zu der Lehrerin gefasst.

Sie lächelt.

Es ist das erste Mal, dass sie mit jemandem verabredet ist, den sie nicht kennt. Das erste Mal, dass sie aus dem Haus geht, nur um zu reden. Und dass man ihr dabei sogar das Wort erteilt.

Sie erzählt in wenigen Worten, dass ihre kleine Tochter krank sei, das Fieber jedoch fallen werde.

Nun ist es an der Lehrerin zu lächeln.

»Wissen Sie, Ihre kleine Tochter arbeitet sehr, sehr gut.«

Sie lässt nicht locker.

»Es ist das erste Mal, dass ich ein so begabtes kleines Mädchen unterrichte.«

»Danke«, erwidert die junge Frau.

Sie sagt sonst nichts weiter. Auch wenn sie es gerne würde. Wie etwa: »Ja, ich möchte, dass sie es weit bringt im Leben …« Doch so etwas hätte die Dame von der Beratungsstelle sicherlich nicht so übersetzt, wie sie es gewollt hätte.

»Nächste Woche unternehmen wir einen Ausflug ins Kino. Ich gehe mit den Kindern in einen Film, der Ihrer Tochter gut gefallen wird. Sie muss unbedingt dabei sein. Sie wird doch nicht mehr krank sein, oder?«

Die Lehrerin besteht darauf:

»Unbedingt«, wiederholt sie, wobei ihr weicher Blick auf das Schweigen der jungen Frau trifft.

19

»Wie? Wer hat dir denn erlaubt, dich mit der Lehrerin zu treffen, ohne mir Bescheid zu sagen? Was wollte sie?«

Die junge Frau stellt ihrem Mann schweigend das Essen hin. Sie weiß, dass es keinen Sinn hätte, etwas zu erwidern.

Wenn sie antwortet, wenn sie es wagt zu sagen, dass es völlig normal ist, wenn eine Mutter diejenigen trifft, die ihr Kind unterrichten, und sich mit ihnen unterhält, wird ihr Ehemann vielleicht anfangen zu schreien.

Wenn sie nichts sagt, wird er auch schreien, doch vielleicht beruhigt er sich so schneller.

Allerdings sagt sie auch nicht, dass er recht hat. Sie weiß zwar, dass er dann sofort aufhören würde, sie weiß es, doch sie sagt es nicht. Weil es einfach nicht wahr ist. Weil die Wahrheit ihr langsam weniger Angst macht.

An diesem Abend geht der Ehemann nicht mit ihr schlafen. Sie hat dennoch ihr Haar geöffnet und parfümiert, so wie sie es immer tut.

An diesem Abend tut sie es für sich selbst.

20

Der Ehemann fordert am nächsten Tag ein Treffen mit der Lehrerin ein.

Seine Tochter werde nicht mitkommen ins Kino, sie werde nicht mit den anderen Kindern dorthin gehen.

»Warum?«, fragt die Lehrerin erstaunt.

Der Vater kann keine Antwort geben. Sie werde nicht gehen, das sei alles.

Die Lehrerin sagt, der Ausflug sei für alle Kinder der Klasse verpflichtend.

»Es handelt sich um eine pädagogische Veranstaltung, verstehen Sie?«, erwidert sie, ohne sich durch den Mann aus der Ruhe bringen zu lassen, der ihr schweigend gegenübersitzt.

Plötzlich wird der Vater ganz rot. Die Wut steigt ihm ins Gesicht.

»Nein, sie wird nicht gehen, das ist mein letztes Wort.«

Er erklärt der Lehrerin, dass das Kind nicht das Recht habe, Filme zu sehen, weil in Filmen Bilder vorkämen.

»Ja, und?«, fragt sie.

»Nun, es ist schlimm, wenn Sie das nicht verstehen. Ich möchte nicht, dass meine Tochter diese satanischen Bilder sieht ...«

21

Die Augen des schlafenden kleinen Mädchens träumen.

Die Augen träumen von einem fernen Land, in dem die Bilder ihren heimlichen Wünschen jeden Abend Opfergaben bringen: Bilder ohne Stimme, ohne Worte, Bilder, die nur vom Geräusch des Windes getragen werden.

Sie nennt diesen Traum *Kino*.

Die Augen des kleinen Mädchens träumen, und die Augen der jungen Frau öffnen sich am nächsten Morgen wie gewöhnlich neben ihrem abwesenden Mann mit seinem erloschenen Gesicht.

22

Auf den Horizont gerichtet, die Hände gefaltet, bitten die Blicke von zwei Paar Augen den nächsten Tag, dass er das Versprechen wahr machen und auch wirklich ein neuer Tag sein möge.

Nicht ein ausgetretener neuer Tag, der sich damit begnügt, nur das zu wiederholen, was der vergangene Tag schon vorgelebt hat.

Nicht ein neuer Tag mit einer ungewissen Zukunft, vor der man die Augen verschließen muss.

Nicht ein neuer Tag, der reglos und träge in der Gegenwart sitzt.

Ein neuer Tag, an dem die Augen des kleinen Mädchens und die der jungen Frau endlich von der gleichen Seite auf die Welt blicken.

Sie wissen besser als jeder andere, was genau das bedeutet, ein *neuer Tag*.

Nur ein neuer Tag kann ihnen den Horizont zu einer ganz neuen Welt hin öffnen.

23

Und dennoch kommt das Leben an diesem Tag zum Stillstand.

Die Kinder sind mit der Lehrerin im Kino, und es ist, als ob ringsum alles taub und blind geworden wäre.

Die Welt stinkt vor Ungerechtigkeit. Ein kleiner stinkender Misthaufen auf einer Ebene von verbrannter Erde.

In ihrem großen Wachtraum erfinden die Augen des kleinen Mädchens einen neuen Tag, der die gesamte Länge des Films andauert.

Die taube und blinde Welt umgibt sie, Mutter und Tochter, wie eine Landschaft, die nur Bruchstücke zu ihnen durchdringen lässt, winzig kleine Traumteilchen, in Farbe herausgefiltert aus all den verbotenen Fragmenten.

24

»Komm«, sagt die junge Frau schließlich. »Ich zeige dir etwas!«

Die junge Frau hält die Hand ihrer kleinen Tochter fest in der ihren.

Gemeinsam gehen beide die Straße hinunter. Sie überqueren die Kreuzung und lassen den Eingang zur Metrostation *Couronnes* hinter sich. Sie folgen der Straße weiter, bis das kleine Mädchen schließlich neugierig fragt: »Wohin gehen wir, Maman?«

Doch die junge Frau legt den Finger auf den Mund: »Pssst!« Sie zieht ihre Tochter eilig in die vertraute Boutique, ohne dass das Mädchen Zeit hätte, das rote Kleid zu bemerken, das im Schaufenster hängt.

»So, jetzt sind wir auf der anderen Seite der Welt«, sagt sich die junge Frau.

25

Das Kleid liegt ausgebreitet auf dem Tresen der Boutique. Eine Frau mit pflaumenfarbenem Lippenstift breitet den Stoff aus und lässt ihn langsam zwischen ihren Fingern mit den lackierten Nägeln hindurchgleiten.

Das kleine Mädchen klammert sich an den schwarzen Schleier seiner Mutter, die alles andere als Trauer erfüllt.

»Gefällt es Ihnen?«, fragt die Frau mit den lackierten Fingernägeln mit einer Stimme, die so durchdringend ist wie das Rot des Kleides.

Das kleine Mädchen nickt, ohne sich dessen bewusst zu sein.

»Ist es für Sie selbst?«

Aber die junge Frau hat den Laden bereits mit ihrer Tochter verlassen. Die Kleine murmelt noch ein leises »Ja«, bevor sich ihre Stimme im Getöse der Straße verliert.

26

Dieser Tag ist ein Tag der großen Sünde.

Das kleine Mädchen versucht einzuschlafen, doch es gelingt ihr nicht, da sich all die Bilder des Films, den sie nicht gesehen hat, in ihrem Kopf drehen. Ihre Mutter im roten Kleid ist die Heldin des Films. Sie stirbt am Ende. Wie alle Heldinnen, jedoch unter großen Schmerzen … Und das macht das Mädchen traurig.

Die junge Frau legt ihr liebevoll die Hand auf die Stirn. Fieber.

»Von was für einem Fieber sprichst du?«, fragt der Ehemann in überheblichem Tonfall.

»Sie ist noch immer krank, weiter nichts«, antwortet die junge Frau bekümmert.

»Ich möchte nicht, dass du die Lehrerin noch einmal triffst, hörst du?«

Die junge Frau sieht ihn an, ohne ihn wirklich zu sehen. Dann überquert sie die Grenze ins Land des Schweigens und begibt sich auf vertrautes Terrain. Währenddessen schläft die Tochter ein.

Die junge Frau dreht die gesamte Nacht die Perlen der Gebetskette in ihrer Hand. Sie möchte der Sehnsucht entkommen, die sie befallen hat. Sie möchte, dass das Fieber ihrer kleinen kranken Tochter sinkt. Als ob die Krankheit und ihre Sehnsucht einen wundersamen Pakt geschlossen hätten, der sie beide in die roten Tiefen des Wahnsinns herabziehen könnte.

Also betet sie.

27

»Das Übel. Man muss die Wurzel des Übels finden«, empfiehlt der Kräuterhändler nahe der Metrostation *Couronnes* der jungen Frau.

Er ist ein Wissender, sagen die Menschen im Viertel. Er kennt viele Heilmittel und Geheimnisse. Alle sprechen voller Respekt über ihn.

Sie, die nicht lesen kann, die aber gelernt hat, alles zu speichern, was gesagt wird, sie, die nicht schreiben kann, die aber weiß, wie man alles liest, was nicht gesagt wird, sie erinnert sich an jedes Wort des weisen Mannes, das er an diesem Morgen an sie gerichtet hat: »Der Mensch hat nur eine Aufgabe: die Welt zu erforschen und einen freien Blick zu entwickeln. Einen Blick, der die Welt träumt, der träumt, welche Welt man für diejenigen erschafft, die sie nach einem sehen werden …«

28

Am nächsten Tag geht das kleine Mädchen wieder zur Schule.

Ihre Augen betrachten versunken die schwarze Tafel, um all die Bilder aus Kreide aufzunehmen, die sich dort verbergen.

Das Fieber ist mit den Worten gesunken, den Worten des weisen Mannes, den ihre Mutter getroffen hat.

29

Die Tage beginnen auch für die junge Frau wieder von Neuem, aber es sind noch immer die gleichen.

Der Horizont ist reglos.

Nur der Schlussverkauf rückt näher, das weiß die junge Frau sehr wohl. Es ist nicht der Wind, der es ihr flüstert, wie in Afrika, sie erfährt es auch nicht durch den Gesang der Vögel oder durch die Veränderungen der Natur und der Jahreszeiten. Sie weiß nicht, was die Frauen am Brunnen besprechen, auch nicht, was die Alten am Abend unter dem Feigenbaum austauschen. Sie empfindet und versteht in diesem Land nichts. Sie spricht die Sprache der Nachrichten nicht, und sie kann die Sprache der Zeitschriften wie *Elle* oder *Marie Claire* nicht lesen. Sie kennt nur eine einzige Frau aus dieser anderen Welt, die ihr freundlich und hilfsbereit erscheint: die Lehrerin. Sie misstraut der Frau von der Beratungsstelle, weil die Frauen aus ihrem Land viel reden, hier und dort. Sie reden mit jedem, sie reden viel über dich und vor allem hinter deinem Rücken. Und selbst wenn nichts Bösartiges gesagt wird, so erreicht es doch eines Tages bösartige Ohren, die nur darauf warten, die Worte zu verdrehen und sie gegen dich zu verwenden. Also kann sie niemandem trauen, nein, und ihr fehlen Informationen zu vielen Dingen, die sie gerne gewusst hätte. Weit wichtigere Dinge als das Datum des Schlussverkaufs.

In dem Viertel, in dem sich die Metrostation *Couronnes* befindet, gibt es keinen großen Feigenbaum, wie es ihn in ihrer Kindheit gab. Zu ihm konnte sie gehen, um sich von der Last der Einsamkeit zu befreien, die sie als Waisenkind empfand. Um wieder Hoffnung zu schöpfen, indem sie ihre Arme um die raue Rinde des Stamms schlang, der dort in die Erde gepflanzt war, so tief wie die Geschichte ihrer Familie, deren Wurzeln zerstört waren.

30

Als sich der schwarze Schleier das erste Mal über ihren Kopf senkte, sagte sie nichts. Damals hätte sie jedoch aufschreien müssen. Weinen. Heulen. Doch nichts zu sagen … Wie kann man akzeptieren, zu einem Gegenstand zu werden, der die Arme benutzt, die Füße bewegt, all die Reflexe eines lebenden Wesens beibehält, sogar über sich lachen kann, gemeinsam mit den anderen Komparsen des Daseins, und der dennoch ohne Stimme fortbesteht, abseits des Lebens und der Sicht der anderen?

Seit dem Moment, als sich der Schleier über sie gesenkt hat, hat er den Körper eingeschlossen in ein Geheimnis, das zu schwer wiegt, als dass man es lüften könnte.

Keine Stimme verrät die Geheimnisse einer Person, die nicht sprechen möchte, weil sie weiß, dass es keinen Weg gibt, sich Gehör zu verschaffen.

31

Es ist lächerlich, weiterhin vom Feigenbaum zu träumen, von dem Land, den Vogelschwärmen und davon, was das kleine Mädchen, sie selbst, sich erträumte, bevor sie merkte, dass ihre Großmutter sie verheiraten wollte, wie es die Tradition verlangte, wie die Menschen um sie herum es bestimmten, wie der Brauch es möchte, seit es Feigenbäume gibt. So ist das nun mal.

Es ist lächerlich, die Perlen einer abgegriffenen Gebetskette zu drehen – die ihr Großvater ihr hinterlassen hat –, denn der Tod besiegt das Leben nicht, das Leben enthält bereits den Tod. Das Leben, ihr ganzes Leben besteht aus ungelebten Tagen, bis der letzte kommt, an dem der Tod das allerletzte und erlösendste Ereignis des ganzen Lebens sein wird.

Es ist lächerlich, Mutter zu sein, ohne offen Frau zu sein, Mutter einer kleinen Tochter, der beigebracht wird, als Erstes ihrem Vater zu gehorchen, Frau eines Mannes, dem sie um jeden Preis folgen muss, Frau eines Mannes, der sie nicht als ganze Frau anerkennt, Frau eines Mannes, neben dem sie immer noch und für immer ein kleines Mädchen bleibt.

32

Seit sich der schwarze Schleier über ihren Kopf gesenkt hat, seit diesem Moment hat sie nichts mehr öffentlich gesagt, wenn ihr Mann es nicht angemessen fand.

Man präsentiert schließlich auch nicht seinen Pimmel in der Öffentlichkeit, oder?

Niemand würde nun also mehr das Gesicht der Frau sehen, die er geheiratet hat.

33

Die schwarze Tafel verrät nicht, wie es weitergehen wird.

Die letzte Zeile befindet sich rechts unten. Ein Gewirr von Zeichen.

Dinge, die geschrieben sind auf einem schwarzen Gesicht der Wahrheit.

Die Tafel hat etwas Magisches, findet die junge Frau, die sich an diesem Tag traut, das Klassenzimmer zu betreten, um ihre Tochter abzuholen.

34

»Gut, dass Sie gekommen sind.«

Das findet die junge Frau auch.

Die Lehrerin betrachtet ruhig das Gesicht, das sich ihr zeigt, während die junge Frau heimlich das Gleiche mit dem Gesicht der Lehrerin macht.

Was sich in den sich kreuzenden Blicken und in dem Schweigen ausdrückt, vervollständigt das, was die schwarze Tafel flüchtig erahnen ließ.

Wenn die Schrift das schwarze Gesicht der Tafel mit Zeichen bedeckt, ist das, wie wenn sich das Gesicht der jungen Frau aufhellt, sie einen offenen Blick auf die Welt wirft und den Horizont hinter der Nacht ihres Schleiers entdeckt.

35

In ihrer Heimat wird um den Preis von Dingen, die verkauft werden, zunächst gefeilscht. Es gibt kein Ding, das einen festen Wert besitzt, das diesen oder jenen Betrag wert ist, für immer und alle Zeit. Ein Lächeln, eine bestimmte Art und Weise, sich auszudrücken, all das kann den Preis entsprechend sinken lassen. Das alles ist in ihrem Land eine unumstößliche Tatsache. Daher ist es für die junge Frau ein heikles Unterfangen, zu *Chez Héloïse* zu gehen und den Preis des roten Kleids zu erfragen.

Ganz abgesehen davon, es anzuprobieren.

Ganz abgesehen davon, sich dazu zu entschließen, es zu kaufen.

Ganz abgesehen davon, dass es etwas vollkommen anderes ist, *in Gedanken* ein Kleid zu kaufen, als es *wirklich* zu kaufen.

Und all das, ohne über den Preis zu verhandeln, also ohne ihn entsprechend herunterzuhandeln nach der Tradition des Verkäufers und des geneigten Käufers.

Das Vergnügen, dieses diabolische Kleid zu kaufen, ist mindestens so groß wie die Bedenken darüber, dass sie in einer kühlen und mechanischen Geste bar für ein Kleid bezahlen soll, mit dem sie in Wirklichkeit der ultimativen Sehnsucht nachgibt, die, für sich genommen, keinen Preis hat.

36

»Na, so etwas, Sie sind wieder da?«

Das Halbdunkel der Boutique erleichtert es der jungen Frau einzutreten. Sie hat ihren Schleier hochgeschoben, als sie über die Schwelle getreten ist. Denn für sie ist es eine Schwelle …

Die Länder der Dunkelheit sind der jungen Frau vertraut. An diesem Morgen hat sie beschlossen, deren Grenzen zu überschreiten, ganz allein.

Sie richtet ihren Blick auf die Dame mit dem pflaumenfarbenen Lippenstift, die sich an diesem Morgen jedoch entschieden hat, stattdessen einen schokoladenfarbenen aufzutragen, fein abgestimmt auf ihre lackierten Fingernägel. Weiblichkeit ist eng verknüpft mit Nascherei, denkt sich die junge Frau fasziniert.

Sie weiß nicht viel über *solche Dinge*. In ihrer Heimat träumen die kleinen Mädchen nur davon, den Wolken zu gefallen. Sie haben Brüder und Cousins, aber die anderen Jungen tragen keine Namen. Die kleinen Mädchen wachsen auf und sehen sie, ohne sie zu sehen. Sehr früh werden die zwei Welten getrennt, um Dinge zu vermeiden, die nicht sein dürfen. So werden die kleinen Mädchen genau wie der Mond, der seine Zeit damit verbringt, sich hinter einer Wolke zu verstecken.

Sie wachsen auf und lernen zu existieren, ohne in Erscheinung zu treten, und dennoch wissen sie, dass eine kleine Bewegung genügt, dass ein geschickt gezogener Lidstrich, ein gezielt eingesetzter Augenaufschlag oder ein langsamer Schritt die Grundlage bilden für ihr magisches Rüstzeug. So können sie mit den Wolken spielen, bis die Nacht hereinbricht.

Wer verführt hat, heiratet. Und wer geheiratet hat und Mutter geworden ist, hört auf, sich nach diesen Dingen zu sehnen, die den wolkenlosen Verlauf des eigenen Lebens stören könnten.

37

Die junge Frau zögert, bevor sie darum bittet, das Kleid zu sehen.

Es an sich zu sehen. Es anzuprobieren.

»Kommen Sie«, sagt die Verkäuferin, die nicht viele Worte macht.

Die Umkleidekabine ist eng und hat einen riesigen Spiegel, dem ihr Blick nicht entkommen kann. Als der Stoff des Kleides über sie gleitet, wirft ihr der Spiegel das Bild einer Frau zurück, die nicht recht versteht, wo das Bild dieser anderen Frau beginnt und wo es endet. Doch auf ihrer Haut ist eine neue Haut, weicher und schillernder als die alte.

38

»Das Kleid ist sehr günstig ...«

»Der Preis ist nicht das Problem«, antwortet die junge Frau auf eine Frage, die niemand ihr gestellt hat.

»Es steht Ihnen gut, wissen Sie ...«

Was soll die junge Frau wissen?

»Nein.« Sie neigt den Kopf müde zur Seite, was beides bedeuten könnte: »Ich weiß es« oder »Ich weiß es nicht«.

»Was möchten Sie tun?«, fragt die Dame mit den lackierten Fingernägeln schließlich, während sie beiläufig ihren Kaugummi in den Aschenbecher wirft.

»Was muss ich tun?«, wiederholt die junge Frau für sich, als am Abend ihre schwarzen Augen im angstvollen Blick ihres eigenen Spiegels versinken.

39

Seit zwei Stunden geht sie nun schon in der Küche auf und ab, die nur wenige Quadratmeter misst. Doch ihre Hände schaffen es, die Wände zurückzudrängen, so mächtig wird ihr Zorn.

»Es ist ein Kleid, es ist nur ein Kleid, oder etwa nicht?«,

wiederholt sie immer wieder, wie um sich selbst davon zu überzeugen.

Währenddessen hat die kleine Tochter einen sonderbaren Traum von einer Frau, die ihre Mutter sein könnte und die sich über sie beugt, sie jedoch nicht erkennt.

40

»Ich verstehe nicht, was passiert ist.«

Es sind die Worte der Lehrerin. Die Dame von der Beratungsstelle übersetzt sie. Die junge Frau hört sie, als sie das leere Klassenzimmer betritt.

Was soll sie ihr also noch erklären?

Die junge Frau beginnt es zu ahnen.

Vorher gab es nichts hinter dem Horizont.

Nun ist dort etwas.

Sie kennt weder die Form noch die Farbe dieser *anderen Sache*.

Sie weiß nur, dass es auftauchen musste.

Sie schläft diese Nacht neben ihrer kleinen Tochter in einem vollkommen weißen Krankenhaus. Die Ärzte sagen, dass die Kleine nicht mehr sprechen möchte.

»Ich habe sie auch noch nie lachen sehen«, fügt die junge Frau hinzu und faltet plötzlich die Hände.

41

Die nächste Nacht ist da. So schnell.

Die ganze Welt summt von Millionen von Wesen, die geschwächt sind durch die Klagen über ihr eigenes Dasein und deren Klagen selbst geschwächt sind durch das Gewicht des Nichts.

Der Körper des Mannes wiegt schwer auf der jungen Frau. Sie ringt mit sich.

Die Stimme ist tief. Taub.

»Du bist meine Frau«, sagt er.

»Mag sein«, sagt die junge Frau, »aber ich erinnere mich nicht«.

Sie erinnert sich an nichts mehr danach.

Der Tag kommt und putzt ungestüm den Himmel blank. Ohne zu zaudern.

Die junge Frau blutet noch ein wenig.

Es ist ein Erwachen.

Das Zimmer ist leer.

Ihr Mann ist fort.

Sie ist allein mit diesem roten Blutfleck, der seltsamerweise das Weiß des Kopfkissens erleuchtet.

42

»Sie wollen es immer noch?«

»Nein … kommen, Kleid sehen«, antwortet die junge Frau in ihrem gebrochenen Französisch.

»Sie haben es doch schon gesehen. Sie haben es sogar anprobiert, erinnern Sie sich?«

Die Dame mit den schokoladenfarbenen Fingernägeln geht hinüber in Richtung Türschwelle, wo die junge Frau reglos steht und sie vorsichtig mustert.

»Noch sehen, bitte …«

Die junge Frau spricht diese Worte mit Bedacht, eines nach dem anderen. Sie hat ihren dunklen Schleier an der Schwelle nach oben geschoben. Schwarz sind nur noch ihre Augen, die eine düstere Trauer in sich tragen, die niemand, nicht einmal sie selbst, genau definieren kann in ihrem leicht angeschwollenen Gesicht.

Die Dame mit den schokoladenfarbenen Fingernägeln tut, als ob sie nichts bemerken würde. Aus Höflichkeit. Aus Scham. Sie holt eilig das rote Kleid und breitet es aus, wobei der Stoff ein Rascheln erzeugt. Ein so zarter Stoff …

Die junge Frau sieht rot. Dann wird sie ohnmächtig. Und alles ist wieder schwarz.

43

Alles schwarz.

Doch die Wände bleiben weiß.

Die junge Frau erinnert sich sehr gut an das lebendige Rot des Kleids, durch das sie ins Wanken geriet, doch sie spricht keines der beiden Worte aus: rot, Kleid. Sie wiederholt nur, dass es ihr gut gehe.

Mehrere Male.

Wie die Sprechfunktion bei einer mechanischen Puppe.

»Sind Sie sich sicher?«, fragt die Dame aus der Boutique beunruhigt.

Nein. Aber sie hat sich angewöhnt zu sagen, dass alles gut sei. Dass alles nicht schlimm sei. Sie hat gesehen, was sie sehen wollte.

Eines Tages, verspricht sie, wird sie wiederkommen, um sich das Kleid noch mal anzuschauen. Nichts weiter.

»Wann immer Sie möchten«, antwortet die Dame und hilft ihr behutsam aufzustehen.

44

Die Suppe ist kalt, als der Mann nach Hause kommt. Er kommt seit einigen Tagen nicht mehr pünktlich nach Hause, sondern viel später.

Später und später.

Das Gesicht der jungen Frau hüllt sich in Schweigen, noch bevor der Ehemann irgendetwas sagen kann. Es ist, als ob das Schweigen, das sonst jedem Wort vorangeht, nun von vornherein jedes Wort verhindern würde.

Also schweigen sie gemeinsam.

In ihrem schmalen weißen Krankenhausbett träumt das kleine Mädchen erneut den Traum vom Kino. »Ein schwarzer Schleier, der auf eine weiße Leinwand fällt«, denkt sie.

Doch es ist ein Stummfilm.

Dessen Titel unglücklicherweise abgeschnitten wurde und dessen Gesichter schweigend alle Schatten verschlingen.

45

»Was würde passieren«, fragt sich die junge Frau, »wenn ich es kaufen würde, dieses Kleid?«

All die anderen Frauen tragen insgeheim Büstenhalter mit Spitze, Negligés aus Seide, Slips mit hohem Beinausschnitt ... All die anderen, auch diejenigen, die auf der Straße schwarz verhüllt sind.

Zu Hause kann ich es machen, hier bin ich frei. »Doch wozu«, beklagt sie, »wenn doch von meiner Freiheit niemand erfährt ...«

Was nützt die Freiheit in der Gefangenschaft?

46

Der Horizont ist hungrig, er kitzelt die schweren Lider des kleinen Mädchens und droht jedes Gesicht in einen Schatten zu verwandeln.

Das Krankenhaus, in dem sie in dieser Nacht schlafen wird, ist ein beruhigender Zufluchtsort.

Die Mutter.

Der Vater.

Sie stehen beide bewegungslos neben dem Bett. Durch das offene Fenster, das zur Straße hinausgeht, dringen Rufe, Gelächter und einige unverständliche Worte.

Da draußen ist das Leben.

Um Teil des Lebens zu sein, muss man die unsichtbare und doch unüberwindbare Grenze auslöschen, die sich wie ein Monster zwischen dem Drinnen und dem Draußen erhebt.

47

Als die junge Frau allein nach Hause kommt, bemerkt sie im Treppenhaus einen Unbekannten.

Sie, der man seit langer Zeit beigebracht hat, nichts und niemanden wahrzunehmen, unterscheidet instinktiv zwischen vertrauten Schatten und solchen, die von außerhalb gekommen sind.

Der Mann bleibt auf Höhe ihrer Tür stehen, auf der gegenüberliegenden Seite des Treppenabsatzes. Dort hinterlässt er ein Buch auf der Fußmatte und macht sich wieder davon. Im Laufschritt.

Die Augen der jungen Frau verstehen nicht, was sie sehen.

Wovor um alles in der Welt könnte man Angst haben, wenn man durchs Leben gehen kann mit unverstelltem Blick und einem Gesicht, das der Welt zugewandt ist?

48

»Lass sie mich anschauen, Maman.«

Das kleine Mädchen streckt seiner Mutter die Arme entgegen, als diese mit einem Strauß Rosen das Krankenhauszimmer betritt.

Sie stellt sie vorsichtig neben das Bett, um das bleiche Gesicht des kleinen Mädchens zum Leuchten zu bringen. Um dem nackten Raum, in dem das Schweigen kalte Mauern errichtet, ein Lächeln zu verleihen.

Doch der Satz der Tochter hat ein Loch in die Mauern gerissen. Wie ein Blick, der die Architektur des Nichts durchbohrt.

Die junge Frau faltet die Hände.

Neben ihr verströmen die Rosen den Duft der Sehnsucht, sie leuchten in der Farbe der Sehnsucht: Sie sind rot.

Es sind rote Rosen.

Das ganze Gesicht des kleinen Mädchens lächelt, als sie das Gebet bemerkt, das sich aus den gefalteten Händen seiner Mutter in die Luft erhebt.

49

Seit zwei Tagen liegt das Buch nun schon auf der Fußmatte des Nachbarn. Eine Frage drängt sich auf, erfüllt die erstaunten Augen der jungen Frau.

Sie kann zwar nicht lesen, aber sie ist fasziniert davon, dass man ein Buch einfach so hinterlegen kann.

In der Nacht trifft sie plötzlich eine Entscheidung.

Der Mann schläft.

Sie schleicht hinaus auf den Flur.

Eilig lässt sie das Buch unter ihr unförmiges Gewand gleiten, wie eine Diebin, in aller Heimlichkeit. Dabei sagt sie sich, dass niemand sie gesehen haben kann.

50

Vier Wochen sind vergangen. Der Schlussverkauf wird bald zu Ende sein. Und das rote Kleid hängt noch immer im Schaufenster.

Vier Wochen, in denen der starre Horizont langsam begonnen hat, sich in ihr zu verschieben.

Die unsichtbare und gerade Linie ihrer eigenen Gewissheiten wackelt. Jedes Mal, wenn ihre Schritte sie von drinnen nach draußen führen, selbst wenn sie aus ihrem eigenen Schatten nie heraustritt.

51

Dieses Buch ist nicht für sie bestimmt, doch für sie fühlt es sich ganz anders an.

Niemand hat die Tür geöffnet, um es hereinzuholen.

Dieses Buch gehört demnach doch ganz einfach demjenigen, der es sich gewünscht hat.

So argumentiert die junge Frau, als sie es in einem Kochtopf versteckt, dort, wo der Mann es niemals finden wird.

52

In dieser Nacht bestimmt er, dass sie wieder einmal ihm gehört.

Seit sie aneinandergeraten sind, ist nichts mehr, wie es war, auch wenn die Gesten nach außen hin die gleichen bleiben.

Er isst nach wie vor wie ausgehungert vor dem Fernseher.

Am Ende hat er wie immer vergessen, dass sie da ist, bis der Anblick des Betts sein männliches Feuer weckt.

Sie fügt sich mit den immer gleichen Gesten in die unendliche Parodie der Ehe. Glättet ihr geöltes und parfümiertes Haar, um es noch schöner und leuchtender zu machen, bevor sie zu ihm geht.

Das ist zumindest das Bild, das der Spiegel einfängt, das er an der Oberfläche gewinnt.

Und das er ihr zurückwirft.

Sauber und glatt.

53

»Warum kommen Sie zu mir?«, fragt die Lehrerin sanft, sodass die Mutter ihrer kleinen Schülerin sie verstehen kann.

»Ich finden Buch«, antwortet die junge Frau und heftet den Blick auf die Tafel, von der schon alles sorgfältig weggewischt wurde.

Die junge Frau packt das Buch aus dem schwarzen Schleier, der sie umhüllt und der es verborgen hat.

Sie reicht es der Lehrerin, die mit tonloser Stimme liest: »›Was ist Aufklärung?‹ von Immanuel Kant.«

»Warum ich?«, wiederholt die Lehrerin erstaunt. Sie versteht nicht, was all das zu bedeuten hat.

Die junge Frau runzelt lediglich die Stirn und zeigt auf den Buchumschlag:

»Kant? Wer Kant?«

»Wenn Sie wollen, kommen Sie morgen wieder. Ich werde der Dame von der Beratungsstelle Bescheid sagen«, erklärt die Lehrerin mit ratlosem Blick und reicht ihr ihren wertvollen Schatz zurück.

54

Hart und kehlig.

Kant.

Sie wiederholt diesen fremdartigen Namen den gesamten Rückweg über.

Auch in ihrer Sprache kann man den Eindruck haben, dass die Laute das gefügige Material der Wirklichkeit gegen den Strich streichen, es abtragen und traktieren.

Nichts daran ist weich, rund oder harmonisch.

Man benötigt die zuckrige Süße des Essens, um in ihrem Land Sanftheit zu finden.

Die Düfte. Die Wildheit der Natur.

Selbst die Sonne brennt auf ihr Land, unbarmherzig.

Bis die Augen erblindet sind, denn sie brauchen ein ganz anderes Licht, um lebendig zu bleiben.

55

Am nächsten Tag ruft das Krankenhaus an.

Sie sind wieder dort, ihr Mann und sie.

Der Arzt diskutiert mit ihm hinter einer abschirmenden Scheibe, durch die sie die beiden beobachtet.

Sie hört nichts, und das Warten zieht sich in die Länge. Also betrachtet sie ihre kleine Tochter, die reglos neben den beiden sitzt. Sie hat den Eindruck, dass sie ihr ganzes Leben lang auf jemanden gewartet hat, der nie gekommen ist, erstarrt in einem Wartezimmer wie diesem.

Die Worte sind eines nach dem anderen stumm an der Scheibe zersprungen, unerträglich für die Mutter, die nichts sagt, und für die kleine Tochter, die nicht spricht, weil ja doch andere das Sprechen für sie übernehmen.

56

Es ist zwanzig Uhr.

Die Münder der drei öffnen und schließen sich in regelmäßigem Abstand. Die dampfende Suppe fließt ihre Kehlen hinunter.

Eine Feuerpause, die nur kurz das Gefecht unterbricht. Die Masken fallen nicht, nein.

Der Ehemann schiebt ruckartig den Stuhl zurück und steht mit einer Entschiedenheit auf, als ob er ein Soldat wäre, der sich wieder in den Kampf begibt.

Das kleine Mädchen lässt sich unter den Tisch gleiten, um die Serviette aufzuheben, wie eine Guerillakämpferin, die sich in ein Versteck im Wald eingräbt.

Der Mann dreht ihr den Rücken zu und nimmt seine Basis wieder in Besitz – das Wohnzimmer –, während das Geräusch des Geschirrs in der Spüle für die junge Frau das unablässige Gemurmel des Fernsehers überdeckt.

Der Kampf spielt sich nie von Angesicht zu Angesicht ab.

Mann und Frau lassen ihre jeweiligen Waffen sprechen und verschanzen sich in ihrem Rückzugsgebiet.

Es ist ein lautloser Krieg, der keine Spuren hinterlässt, während die Zeit erbarmungslos vergeht.

Wie ein tauber Schockzustand, der tagelang andauert.

57

Doch die Wolken am Himmel sprechen.

Gleich am nächsten Morgen.

Das kleine Mädchen schleicht sich kurze Zeit später

nach draußen, sobald es seinen Becher Milch ausgetrunken hat.

»Dieses Bild soll mich heute begleiten«, schwört sich die junge Frau, während sie den Tisch abräumt, an dem ihr Mann gegessen hat.

58

Ihr ganzer Körper verzagt daraufhin.

Sie lässt sich aufs Sofa im Wohnzimmer fallen und starrt auf das seelenlose Auge des Fernsehers.

Die beiden leeren Blicke begegnen sich.

Ein oder zwei Stunden vergehen auf diese Weise, bevor die Sehnsucht ganz langsam zu ihr zurückkehrt.

Diese Lebensregung, die sie über die Dinge erhebt, die ihre Wut so viel intensiver macht, als ihre tief sitzende Angst vor dem Unbekannten je sein könnte …

59

Angesichts des Horizonts wird sie plötzlich wieder ruhiger.

Sie lässt die Gebetskette durch ihre Hände gleiten, doch plötzlich fällt sie ihr herunter.

Kant ist ein magischer Name.

Sie nicht zu verstehen und doch an sie zu glauben – das ist es, was den Dingen Magie verleiht.

Kant, Kant, Kant. Neunundneunzigmal zu den Perlen der Gebetskette wiederholt, wird der Klang des Namens für die junge Frau zu einem düsteren Glaubensprinzip. Dennoch, das ahnt sie, ist es untrennbar mit der Macht der Vernunft verknüpft.

60

Sie wird die Lehrerin nicht wieder aufsuchen, die ihr gesagt hat, dass sie die Dame von der Beratungsstelle zum Übersetzen hinzuholen möchte.

Das schafft sie nicht.

Was soll sie also tun?

Was soll sie mit dem Buch machen, das in seinem Kochtopf schläft und von dem sie beim Kochen mit weit offenen Augen träumt?

61

Weit offen.

Diesen Ausdruck mag sie am liebsten von all den Wörtern, die sie um sich herum hört, in dem ständigen Gemurmel, dem Getöse, in all dem unverständlichen Geflüster, das sie aufschnappt bei ihren Ausflügen in die Welt dort draußen.

Bei den Hausaufgaben, die das kleine Mädchen am gleichen Abend machen muss, lautet die Aufgabe ganz klar, Wörter anstelle der Auslassungspunkte einzufügen.

Sie muss wählen zwischen *weit offen*, *tot oder lebendig* oder *auf kleiner Flamme*.

Sie holt das Buch aus seinem Versteck und bittet ihre Tochter, ihr einen beliebigen Absatz vorzulesen.

»Das ist schwer«, sagt die Kleine, ein wenig überrascht, während sie versucht zu buchstabieren.

»Lies, bitte. Lies mir vor …«

Die Kleine sieht sie an, dann öffnet sie das Buch und beginnt stockend vorzulesen.

Die junge Frau hört, wie ihre kleine Tochter verwirrt

die Wörter buchstabiert, und eine neue Welt tut sich vor ihr auf, größer und ebenso radikal wie der Tod.

Die Worte, die die Mutter nicht versteht, die das kleine Mädchen kaum versteht, weben nach und nach eine Traumsphäre, die sich dank der Anmut dieser zerbrechlichen Stimme vor ihnen öffnet.

»Wir haben jetzt zwei Geheimnisse«, sagt die Mutter, als das kleine Mädchen das Buch wieder schließt.

Sie drückt ihm ganz fest die Hand und fährt fort:

»Du weißt, dass ich dieses Buch lesen und das rote Kleid tragen möchte, das ich dir einmal gezeigt habe.«

62

Der Mann ist betrunken und spät nach Hause gekommen.

Glücklicherweise schlief das kleine Mädchen schon.

Er hat geschrien und seine Frau beleidigt.

»Du hast mir nur ein Mädchen gegeben! Und jetzt weigerst du dich, mir einen Jungen zu schenken!«

Dann hat er sie herumgedreht, hat versucht, sie mit Gewalt zu nehmen, ist jedoch plötzlich in sich zusammengefallen. Wie ein totes, altes Pferd ist er auf die Seite gefallen, und die junge Frau ist wieder aufgestanden, um sich das Haar zu ölen, das in Unordnung geraten war, und es zu parfümieren, wie sie es immer getan hat.

63

»Ja, Maman und ich haben jetzt zwei Geheimnisse«, denkt das kleine Mädchen, als es zur Schule geht und dabei seine Schritte zählt.

Ihr Vater begleitet sie nicht mehr wie früher, doch sie befürchtet, dass er sie durch andere Augen, die sie nicht kennt, beobachten lässt.

Das Viertel hat überall Augen.

Vielleicht sagt ihr Vater deshalb, dass man sich vor dem bösen Blick in Acht nehmen müsse.

Sie kann niemandem trauen.

Auch nicht demjenigen, vor allem nicht demjenigen, der ihr eigentlich helfen sollte, erwachsen zu werden.

Auf dem Weg wird ihr etwas klar.

»Nein, ich habe mich verzählt. Es gibt ein drittes Geheimnis, natürlich. Nicht jeder hält es für ein Geheimnis, aber ich finde, es ist eines: Ich kann niemandem meine Mutter zeigen. Die Leute, die ihr begegnen, glauben, sie ist niemand, doch sie ist trotz allem jemand … Aber die anderen sagen: Wie kann man eine Person sein, ohne Gesicht?«

64

»Sie sieht aus wie der Tod«, raunen sich die Mädchen in der Schule untereinander zu, die sie einmal gesehen und Angst bekommen haben …

65

So ist es. Ich bin nur ein Schatten, denkt die junge Frau, als sie sich an diesem Morgen anzieht, um ihre Einkäufe zu erledigen. Das Bild eines Schattens.

66

An diesem Mittwochnachmittag verkündet das kleine Mädchen seiner Mutter, dass es malen möchte.

Und zwar mit all ihren Filzstiften. Mit allen Farben.

Sie setzt sich an den Küchentisch und streckt konzentriert die Zungenspitze heraus, während sie eine Stiftkappe nach der anderen aufspringen lässt.

Es sind Gesichter, die entstehen.

Mit teilweise befremdlichen Zügen.

Das kleine Mädchen sagt, es reiche, sie richtig zu sehen, sie gut anzusehen, ohne zu blinzeln, und mindestens eine Minute lang, um zu verstehen, dass sie in unserem Blick, im Inneren, noch viel länger leben.

Auch wenn es im Inneren schwarz ist.

67

Es gibt diese Tage, an denen die Augen der jungen Frau ohne Unterlass zwischen dem Horizont und sich selbst hin- und herwandern, als ob es da eine unsichtbare Verbindung gäbe.

Der Spiegel aber sagt ihr, dass dies nicht so ist.

Sie ist losgelöst von allem.

Sie ist ganz und frei.

Jenseits der grauen, schweigsamen Gebäude, die die Aussicht aus ihrem Fenster belagern, jenseits dieses Vierecks, in dem sich die ganze Menschheit drängt und in dem das Leben stattfindet, schäbig und ohne Konturen, stehlen sich ein paar Wolken davon. Ihr zufälliger Kurs lässt eine Reise erahnen, die so fern wie ungewiss ist.

68

Ganz ohne zu reisen, macht sie sich auch auf den Weg.

Das Bild ihres Heimatlandes wird blasser in ihrer Erinnerung. Am Ende ist da nur noch der wohltuende Schatten des Feigenbaums, unter dem sich die Worte, der Tratsch der Frauen oder das Geschwätz der Männer, verflüchtigen.

Sie möchte sich nun ernähren von Worten, die aus ihrem Inneren kommen.

Lesen.

Lesen lernen.

Und auch ohne es gelernt zu haben, einfach begreifen, was dieses Buch enthält, das der Unbekannte heimlich auf der Fußmatte hinterlegt hat.

69

Die Kleine hat es gefunden.

Ein Kochtopf ist kein gutes Versteck für ein kleines Mädchen, das im Spiel gerne nachahmt, was seine Mutter ihm vormacht. Kochen etwa.

Gerade beugt sie sich darüber, entschlossen, ihre neuen Fähigkeiten zu nutzen und es zu entziffern, als ihre Mutter sie überrascht.

Die Kleine hebt den Blick und rührt sich nicht.

Das Buch gleitet von einer Hand in die andere.

Entschieden sagt die Kleine:

»Wir haben kein Wörterbuch. Wir brauchen ein Wörterbuch, um dieses Buch zu lesen …«

Am nächsten Tag, als sie aus der Schule kommt, zieht sie ein schönes illustriertes Wörterbuch aus der Tasche.

»Das ist von der Lehrerin. Sie hat es mir geliehen«, prahlt sie glücklich.

70

Die Fensterläden sind zu, obwohl es Tag ist, und das Wohnzimmer ist in eine unwirkliche Atmosphäre getaucht.

Es ist noch vor sechs Uhr.

Der Mann wird noch nicht so bald nach Hause kommen.

»›Es ist so bequem, unmündig zu sein‹«, liest das kleine Mädchen in einem Stück vor, während sie mit dem Zeigefinger akribisch die Zeile entlangfährt.

Unmündig?

Die junge Frau denkt über die Erläuterungen nach, die das Wörterbuch liefert. Alle Frauen ihres Landes wechseln von der Vormundschaft durch den Vater in die Vormundschaft durch den Ehemann und sind somit unmündig …

»Was steht da noch?«, fragt sie ihre kleine Tochter sanft.

»›Sapere aude! Habe Mut, dich deines eigenen Verstandes zu bedienen! ist also der Wahlspruch der Aufklärung.‹«

Die Stimme der jungen Frau zittert ein wenig:

»Lies weiter.«

Das kleine Mädchen beugt sich also aufs Geratewohl über den letzten Absatz: »›Zu dieser Aufklärung aber wird nichts erfordert als Freiheit; und zwar die unschädlichste unter allem, was nur Freiheit heißen mag, nämlich die: von seiner Vernunft in allen Stücken öffentlichen Gebrauch zu machen.‹«

Die junge Frau klatscht. Und ihre Stimme versagt.

71

Am Abend, als der Mann zu Hause ist, ist alles verschwunden.

Das Buch im Kochtopf, das kleine Mädchen in seinem Zimmer und die junge Frau in der Küche.

Man hört nur ein lautes, donnerndes Lachen. Es ist der Ehemann, der allein vor dem Fernseher lacht. Dieses dumme Zeug. Eine Realityshow, hat er ihr eines Abends voller Herablassung entgegengeschleudert, genervt von ihrer Unwissenheit.

Ihre allumfassende Unwissenheit aufrechtzuerhalten – das war es aber doch, was er die ganze Zeit wollte, was er sich tief in seinem Inneren wünschte. Eine Frau, die nichts gelernt hat und sein Verhalten oder seine Sicht der Dinge nicht infrage stellen kann. Doch das hindert sie nicht daran, ihre eigene Meinung zu haben und sie unanständig zu finden, diese Show.

Ein Versuch, durchgeführt an menschlichen Labormäusen.

Menschen, die glauben, dass es genügt, sich zur Schau

zu stellen, um in den Augen der anderen etwas darzustellen, die nur weiterkommen dank ihres manipulativen Instinkts und ihrer Verderbtheit.

Sie denkt an all die Frauen, in der Welt und in ihrem Land, die ungleich größere Schwierigkeiten haben, mit einer Realität zurechtzukommen, die wenig, sehr wenig gemeinsam hat mit dieser schrecklichen Sendung voller Leere und Langeweile.

»Das Schrecklichste daran«, geht ihr durch den Kopf, »ist die Tatsache, dass es Millionen von Menschen fasziniert.«

72

Es dauert eine Weile. Doch die Worte bahnen sich ihren Weg. Sie dringen in den Körper der jungen Frau ein. Sie befinden sich am Rand ihres Bewusstseins. Leuchtend. Sie kehren die letzten Überreste der Dunkelheit zusammen. Mit weit geöffneten Augen betrachtet sie sich in ihrem schwarzen Umhang im Spiegel. Dann zieht sie sich aus. Bis sie am Ende nackt ist. Und sich zum ersten Mal fragt, was denn eigentlich der Unterschied ist zwischen ihr und all den anderen Frauen, die – wie sie – zwei Brüste, zwei Beine, zwei Arme haben. Und außerdem ein Gesicht.

Was gibt es also zu verstecken? Warum muss man die Dinge in ihrer Kultur immer verstecken, wo man doch stattdessen alles tun sollte, um Licht auf die Wirklichkeit des Lebens leuchten zu lassen?

Sie erleuchten.

So hell wie möglich …

Die junge Frau blinzelt, ganz langsam, als ob sie an diesem Tag zum ersten Mal die Augen geöffnet und nach einer langen Zeit der Blindheit endlich ihr Augenlicht wiedererlangt hätte.

73

Ein dünner roter Streifen in der Nacht.

Es ist ein Rot, wie sie es sieht, seit sich die Farben in ihre Träume geschlichen und die formlosen Schatten daraus verjagt haben. Zahllos und ohne Stimme saßen sie auf toten Steinen und warteten darauf, dass man sie an den Ort brächte, an dem eiskalte Körper Nacht für Nacht ausharrten, um endlich in Staub und in Asche begraben zu werden. In dem gleichen Traum wuchs das Loch, bis es weit offen klaffte, bis das gesamte Licht darin unterging.

Und an diesem Ort sind die Farben schließlich aus dem Nichts entsprungen.

Aus dem Bauch der Erde floss Blut.

Blut, ein wenig warmes, feuchtes Blut läuft aus ihr heraus und erinnert sie daran, dass ihr Körper nach wie vor ganz lebendig ist.

74

Im Jahr 1784 hat Immanuel Kant dieses Buch geschrieben.

Die junge Frau wiegt es. Wägt es in der Hand ab. Sie hat eine Waage in der Küche, und um ehrlich zu sein, ist es nicht sehr schwer.

Das Gewicht dessen, was er geschrieben hat, kann sie hingegen nicht bemessen.

Es ist unmöglich.

Das Gewicht eines Lebens vielleicht …

Was sie jetzt bewegt, ist die Frage, wie viele Menschen es gelesen haben.

Wie viele von ihnen es verstanden haben.

Wie viele auf der Welt heute in der Lage sind, die Worte von Immanuel Kant zu lesen …

75

Immer noch im Halbdunkel. Die Fensterläden geschlossen.

Jedes Mal, wenn die junge Frau das Buch im Schlaf- oder im Wohnzimmer öffnet, beeilt sie sich, die Fenster zu verschließen, die ihr gefährlich werden könnten.

Was ist Aufklärung?

»›Aufklärung ist der Ausgang des Menschen aus seiner selbst verschuldeten Unmündigkeit.‹«

Die junge Frau spricht die Fragen und Antworten laut vor sich hin. Mit erhobener Stimme, klar und deutlich.

Was ist Unmündigkeit?

»›Unmündigkeit ist das Unvermögen, sich seines Verstandes ohne Leitung eines anderen zu bedienen.‹«

Nicht nur, dass die Worte ihr fremd sind. Oder die Idee, die in ihnen enthalten, in sie hineingraviert ist, so als ob die einzelnen Teile des Satzes den Kern der Idee nicht klar genug zutage bringen könnten. Es ist die Tatsache, dass sie plötzlich – mit Entsetzen – den Weg vor sich sieht, der es ihr ermöglicht, endlich die Verantwortung für sich selbst zu übernehmen.

76

An diesem Vormittag geht sie noch mal zu *Chez Héloïse.*

Das letzte Mal, als sie dort war, ist sie auf der Schwelle in Ohnmacht gefallen.

Heute hält ein Buch sie im Geist aufrecht. Sie strebt auf ein einziges Ziel zu.

Kühl und entschlossen.

Angetrieben vom unerschütterlichen Willen, das zu tun, was sie selbst, ganz allein, für sich entschieden hat.

77

Die Dame mit den schokoladenfarbenen Fingernägeln kommt gerade aus der Umkleidekabine, als die junge Frau die Boutique betritt.

Die Begegnung unterscheidet sich von all den vorangegangenen Malen, weil die junge Frau diesmal nicht nur den Schleier komplett gelüftet hat, sondern auch – wenngleich ihr Akzent sie noch zögern lässt – mit klarer Stimme sagt:

»Guten Tag. Ich heiße Aminata. Ich komme für rote Kleid. Kaufen.«

Die Dame muss unweigerlich lächeln: Sie hat das rote

Kleid nämlich extra für sie zur Seite gelegt und die gesamte Zeit des Schlussverkaufs hindurch gehofft, dass dieser Tag kommen möge.

78

Ausgebreitet auf dem Bett, leuchtet das Kleid seltsamerweise in einem noch viel stärkeren Rot, als sie es in Erinnerung gehabt hat. Der Ausschnitt, der figurbetonte Schnitt und der fließende Stoff verzaubern sie.

Das Kleid verkörpert eine Idee.

Eine Vorstellung von der Welt.

Ein großes Verlangen nach Leben.

Eine Art, seine Freiheit unmittelbar durch den Körper zum Ausdruck zu bringen: Das ist es, was dieses Kleid, dessen Stoff so ganz anders ist als der ihres üblichen Gewands, in den Augen der jungen Frau darstellt.

Aber man muss es natürlich auch tragen … Die Freiheit lässt sich nicht in einen Schrank sperren, sie möchte sich zeigen.

Das kleine Mädchen, das ohne ein Geräusch aus der Schule nach Hause gekommen ist, beobachtet sie heimlich durch einen Spalt in der Tür zum Schlafzimmer. Und ahnt das geheime Drama, das sich anbahnt.

79

Das Versteckspiel dauert an.

Der Kochtopf hat einen vollen Bauch. Voll von Geheimnissen. Und gibt nichts preis. Bis jetzt hat er ein Buch mit verstörenden Fragen in sich verborgen, und nun ist ein Kleid hinzugekommen. Tief unten am Grund des Topfes glänzt es wie ein Tuch aus Seide.

»Wir haben von jetzt an drei Geheimnisse«, sagt die junge Frau zu ihrer Tochter, die ihr feierlich bei ihrem Ritual zur Seite steht.

»Es ist sehr schön, Maman.«

Das ist es, was die junge Frau hört, oder zumindest das, was sie zu hören glaubt.

Sie denkt einen Moment lang nach. In ihren Augen wird es erst dann wirklich schön sein, wenn sie den Mut haben wird, es zu tragen.

80

Man sollte die Frauen in ihrer Heimat fragen, was ihrer Ansicht nach Mut ist. Denn die Meinungen dazu gehen sicherlich auseinander.

Sie haben dort mehr als genug Mut, um die Dinge geduldig zu ertragen. Ihre weiblichen Tricks helfen ihnen dabei, und man arrangiert sich mit dem Leben, wie es ist.

Die Frauen hier sind der Ansicht, dass Mut bedeutet, Nein zu sagen und ein erfülltes Leben zu führen. Doch letztlich ist diese Art von Freiheit beunruhigend, und die Frauen in ihrer Heimat haben gar nicht das Gefühl, einen Anspruch darauf zu haben.

Sie haben nie gelernt, selbst zu zählen, und wissen gar nicht, dass sie es überhaupt lernen könnten.

Selbst wenn die Frauen hier sind, bleiben sie doch Frauen von dort.

Der Mut ist nicht der gleiche.

Die Träume jedoch schon.

81

An diesem Tag führt das kleine Mädchen ein neues Spiel ein, das sie nun jeden Mittwoch spielen.

Sie malt immer noch so gerne – am liebsten in allen Farben –, doch sie liebt es auch, wenn sie die Möglichkeit hat, andere Dinge zu machen.

Vor den Augen ihrer Mutter, die ihr amüsiert zusieht, zieht sie das Kleid aus dem Kochtopf und spielt feine Dame. Das bedeutet, dass die Kleine das Kleid anzieht – all das ist Teil des Rituals –, das Haar offen über den Rücken fallen lässt und sich barfuß auf imaginären Absätzen durchs Zimmer bewegt. Dadurch wächst sie plötzlich, und dieses Bild treibt der Mutter Tränen in die Augen, die sie sofort wegwischt, um das kleine Fest nicht zu zerstören.

82

»Hätte ich wirklich lieber einen Sohn gehabt?«, fragt sich die junge Frau, während sie ihrer Tochter zusieht.

Sie versteht gut, was die Frauen ihres Landes empfinden, wenn sie eine Tochter haben. Denn die wird wiederum eines Tages eine Frau werden.

So viele Frauen wissen, dass sie nur Gebärmutter sind.

Dass eine Mutter nur dann von Wert ist, wenn sie einen Jungen hervorbringt. Dass die Allmacht einer Mutter unabänderlich in Zusammenhang steht mit der Beziehung, die sie zu dem männlichen Wesen pflegt, dem sie das Leben geschenkt hat.

Und das genügt, um ihren Hass auf Mädchen zu rechtfertigen. Denn die sind ein getreues Abbild ihrer eigenen Nutzlosigkeit, durch Töchter können die Frauen den Wert ihrer eigenen Existenz nicht steigern …

Doch glücklicherweise gibt es auch andere, die wie sie finden, dass es keinen Grund gibt, überhaupt keinen Grund, der rechtfertigen würde, warum die kleinen Mädchen blind dem Schicksal ihrer geopferten Mütter folgen sollten.

83

Die junge Frau hat ihr Viertel nicht mehr verlassen, seit sie das rote Kleid gekauft hat.

Es ist, als ob sie sich davor fürchten würde, sich abermals zur Metrostation *Couronnes* vorzuwagen.

Als hätte sie Angst, eine noch viel größere Sehnsucht könnte unbarmherzig von ihr Besitz ergreifen.

Kant ist im Laufe der letzten Tage ein treuer Freund geworden. Sein Gesicht und seine Stimme kann sie sich problemlos vorstellen; eine Stimme, die erklingt in der Stille dieser Nachmittage, an denen sie die ruhige Linie des Horizonts bewundert.

Es scheint fast, als habe das Leben seinen gleichförmigen Kurs wiederaufgenommen. Als ob nichts sie aus der Ruhe gebracht hätte.

Mann und Frau schlafen friedlich nebeneinander ein. Vereinigen sich manchmal in der Hoffnung, einen Jungen zu zeugen.

Das kleine Mädchen weiß wohl, tief in seinem Inneren, dass all das nicht real ist. Viel weniger noch als das Kino, über das sie kaum etwas weiß, weil es ihr ja verboten ist.

Bilder, es sind nur Bilder …, sagt sie sich oft beim Einschlafen vor.

Wie kann man das Kino verbieten in einer Welt, in der alles nur ein Bild ist?

84

Irgendwie hat die junge Frau den Eindruck, einen Schritt nach vorne getan zu haben, ohne dass dieser Schritt Einfluss auf ihre Umgebung gehabt hätte. Sie hat für sich akzeptiert, dass es wohl Jahre dauert, bis man lesen lernt, doch sie spricht darüber nicht offen mit ihrem Mann.

Sie liebt es, ihre Tochter in dem roten Kleid zu betrachten, doch sie hat Angst bei der Vorstellung, es ihr eines Tages gleichzutun.

Sie denkt, dass es vielleicht reicht, das Kleid gekauft oder Teile dieses sonderbaren Buchs gelesen zu haben, das ihr ganz zweifellos den Kopf verdreht hat. Das würde ihre Großmutter sicherlich sagen, wenn sie sie sähe.

Die Perlen der Gebetskette bewegen sich ganz regelmäßig zwischen ihren Fingern.

Auf ihre unablässigen Fragen gibt es keine Antworten.

Der Horizont besteht darauf, mit einer Unendlichkeit zu verschmelzen, die keinen Namen hat.

Da er flieht, kann sie nur vor sich selbst rechtfertigen, was sie tut.

85

Aude. Sapere aude.

Kant hat recht.

Habe den Mut, dich deines eigenen Verstandes zu bedienen.

Mut zu haben ist das Schwierigste … Es ist, als ob alles – überwältigt durch die Bilder der Vergangenheit, die Bräuche, die Traditionen, die eifersüchtig aufrechterhalten werden durch die Menschen in ihrem Land, in der Nähe ihrer Großmutter – schließlich in ihrem Kopf zu einem einzigen Block verhärtet wäre und konsequent verhinderte, dass sich irgendeine neue Idee dort ansiedeln kann.

Als ob der Anblick der jungen Frauen, die sich frei in den Straßen bewegen und sich frei in ihrem Leben behaupten, die Scham darüber, anders zu sein, noch verstärken würde. Die Scham darüber, nie über sich hinausgewachsen zu sein, um sich selbst einen Platz im Leben zu erobern, einen echten Platz unter all den anderen Menschen.

86

Am nächsten Tag begegnet ihr die Dame aus der Boutique mit den schokoladenfarbenen Fingernägeln zwischen der Straße, die zur Schule führt, und der Kreuzung, doch sie erkennt sie nicht. Wie hätte sie auch sollen?

Die Stimme der jungen Frau verknotet sich in ihrem Hals.

»Guten Tag …«

Dann, als die Dame sich umwendet, plötzlich:

»Ich Aminata … Sie erinnern … Das Kleid?«

»Aber …«

Das Gesicht der Dame nimmt einen bedauernden Ausdruck an. Eine Sekunde des Schweigens zieht sich in die Länge, dann antwortet sie, unfähig, mehr zu sagen:

»Ja, natürlich … Natürlich erinnere ich mich.«

Und sie beeilt sich zu lächeln, ganz schwach, bevor sie um die Straßenecke verschwindet.

87

Die junge Frau beißt die Zähne zusammen und läuft weiter.

Sie folgt der Straße wie ein Roboter, daran gewöhnt, dass manche Leute sie im Vorbeigehen feindselig anstarren.

»Geh!« Ihre Großmutter sagte immer nur: »Geh!« Und erteilte ihr ihren Segen. Um ihr dabei zu helfen voranzukommen. Um sie daran zu erinnern, dass sie recht damit hatte, wenn sie vorwärtsschreiten wollte.

»Geh!« Zwischen Befehl und Ermahnung.

Ihre Großmutter wusste nicht, dass man mit der frühen Heirat ihren Körper und ihren Geist derart radikal einsperren würde. Dabei hatten die Menschen in ihrem

Land, die voller Ehrfurcht gegenüber den Traditionen lebten, dies niemals, zu keinem Zeitpunkt, in irgendeiner Weise mit ihrer Religion in Verbindung gebracht.

88

Wo steht es geschrieben, wo?

Die junge Frau dreht und wendet die immer gleiche Frage in ihrem Kopf.

Und ihr wird ganz schwindelig davon.

Die Leere wird dadurch nur noch größer und stürzt sie in tiefe Verzweiflung.

Der Mann hat gelogen. Mehrmals.

Als er gesagt hat, er werde sie in diesem anderen Land glücklich machen.

Als er gesagt hat, er müsse an diesem Tag länger arbeiten.

Als er mit Schärfe in der Stimme gesagt hat, dass er sie aus ihrem Loch befreit habe und sie es ohne ihn niemals zu etwas gebracht hätte.

Er lügt, wenn er glaubt, dass er nur seiner Tochter verbieten müsse, mit der Klasse ins Kino zu gehen, um sich reinzuwaschen von dem, was er sich im Fernsehen ansieht.

Die junge Frau muss nachschlagen, wo es geschrieben steht, dass sie dieses Trauergewand tragen muss. Es macht sie unsichtbar und hindert sie daran, sich der Welt der Lebenden anzuschließen.

89

Nachdem die junge Frau sichergestellt hat, dass niemand sie sieht, legt sie an diesem Morgen das Buch von Kant vorsichtig auf die Fußmatte des Nachbarn.

Sie braucht es nicht mehr. Es hat seinen Dienst getan. Es hat ihr die Kraft gegeben, sich neue Fragen zu stellen, und den Mut, Antworten darauf zu suchen.

In diesem Moment öffnet sich die Tür. Das Gesicht eines Mannes mit struppigem Haar erscheint.

Die junge Frau fällt diesmal nicht in Ohnmacht, sondern begnügt sich damit, heftig zu erröten, als sie seinem erstaunten Blick begegnet. Er mustert sie.

»Wer sind Sie?«, fragt er.

Dann schließt er, ohne eine Antwort abzuwarten, eilig die Tür.

90

Die junge Frau steht noch immer unter Schock.

Kleine Vorkommnisse wie dieses reichen meist aus, um sie für den Rest des Tages aus der Fassung zu bringen.

Während sie über den Vorfall nachgrübelt, wartet sie darauf, dass der Unterricht der Tochter zu Ende geht.

In der Grünanlage, die auf dem Weg liegt, beschließt sie, eine Pause zu machen.

Es ist ein kleiner Park ohne Feigenbaum, doch sie liebt ihn wie eine Kindheitserinnerung.

Zwei Liebende küssen sich auf der benachbarten Bank.

Der Anblick stört sie ein wenig.

Sie spürt plötzlich das Verlangen, hinüberzugehen und ihnen zu sagen, dass sie das woanders tun sollen. Als ob sie sich eines Vergehens schuldig gemacht hätten. Am Ende besinnt sie sich anders. Nicht zuletzt – ohne sich dessen allerdings bewusst zu sein –, weil sie die beiden beobachtet, weil sie sich vorstellt, sie selbst sei diese junge Frau.

91

Der Nachbar ist ein Mann mit einem ungewöhnlichen Gesicht.

Die junge Frau erzählt ihrer kleinen Tochter, was sie am Morgen gesehen hat.

»Mal ihn für mich«, bittet sie das kleine Mädchen, als sie zu Hause angekommen sind.

Die Kleine geht ihre Filzstifte holen und kommt der Bitte nach, denn nichts macht sie so gerne, wie Gesichter zu zeichnen. Hoch konzentriert streckt sie die Zungenspitze heraus, sie will sich besonders viel Mühe geben.

Ihre Mutter weiß nicht, mit wem er Ähnlichkeit hat, deshalb beschreibt sie ihn.

Mit einem Mal – innerhalb eines Sekundenbruchteils – begreift die junge Frau plötzlich alles. Sie hat es im verschlossenen, schüchternen und gleichzeitig tiefgründigen Blick des Mannes gesehen, der es vorgezogen hat, ihr die Tür vor der Nase zuzumachen.

»Morgen lege ich ihm das Bild auf die Fußmatte. Dann werden wir sehen, was er davon hält!«, lacht sie.

Doch in ihrem Inneren bereut sie, ihm den Schatz ausgehändigt zu haben, den sie doch so lange für sich hatte bewahren wollen.

92

Tiefgründig.

Wie kann die junge Frau in so kurzer Zeit die Tiefgründigkeit im Blick dieses Mannes ermessen? Vielleicht hat sie, indem sie ihren eigenen Blick an der Ungewissheit des Horizonts versengt hat, gelernt, das Vergehen der Zeit zu erkennen. Und genauso erkennt sie nun auch am Horizont eines kurzen Blickes, ob der Weg lang gewesen ist oder nicht.

Von ihrer Tür bis zur Tür ihres Nachbarn sind es zehn Schritte.

93

Am Morgen ist die junge Frau nachdenklich, während ihr Mann und die Kleine ihr Frühstück hinunterschlingen.

Der Mann fragt sie beim Verlassen der Wohnung mit gesenkter Stimme, ob sie vielleicht schwanger sei, da er sich davon nämlich nicht abbringen lasse: Schließlich kämen sie doch ihren ehelichen Pflichten nach, da müsse sich doch dieser verdammte Sohn endlich einmal ankündigen.

Dieser letzte Blick, den er ihr zuwirft, ist ein bisschen bedrohlich. Zuvor war die Rede davon gewesen aufzugeben.

Wenn die junge Frau auf dem Markt genau hinhören würde, würde sie von all denjenigen erfahren, die sich einfach eine zweite Ehefrau genommen haben.

Doch dieses Land verbietet es, die Gesetze erkennen Polygamie nicht an. Wobei in ihrer Gemeinschaft kein Mann versteht, warum man solch sinnvolle Bräuche aufgeben sollte.

94

Zehn.

Die junge Frau hat genau zehn Schritte bis zur Wohnungstür des Nachbarn gezählt.

Sie trägt zum ersten Mal ihr rotes Kleid, schleicht sich barfuß vorwärts, wie eine Katze.

Das Kinderbild auf der Fußmatte erscheint allerdings bei näherer Betrachtung ein bisschen albern.

Sie versucht es unter der Tür hindurchzuschieben, als sich diese unvermittelt öffnet und das Bild langsam unter ihr zerreißt.

95

»Was wollen Sie?«, fragt die tiefe Stimme des Mannes mit dem struppigen Haar.

Tief, wie auch sein Blick tiefgründig war.

Die junge Frau ist überrumpelt von diesem Moment der Wahrheit. Sie zieht sich instinktiv zurück.

Dann beginnt sie zu zittern. Und versucht, etwas zu sagen.

Doch aus ihrem geöffneten Mund dringt nur Schweigen. Schweigen, durch das der bedrohliche Blick des Mannes in sie eindringen kann.

Als sie die Augen öffnet, liegt sie ausgestreckt in einem Raum, in dem es nach Jasmin riecht.

Etwas im Raum bewegt sich. Es ist der Mann, der ihr ein Glas Wasser bringt und, mit sanfter Stimme diesmal, sagt:

»Roger. Ich heiße Roger. Und Sie?«

96

Die junge Frau trinkt. In kleinen Schlucken. Nachdem sie sich bedankt hat.

Der Stoff ihres roten Kleides erinnert an eine Blutlache.

Vergeblich versucht sie, die Farbe von ihren erschrockenen Händen zu bekommen, doch das Rot bleibt. Der Stoff hebt sogar ihre schönen braunen Beine noch besonders hervor, sie schimmern honigfarben.

Der Mann wendet den Blick ab.

Verschämt.

Die junge Frau steht auf und geht, ohne abzuwarten, mit nackten Füßen zur Tür.

97

Zu Hause.

Wieder zu Hause.

Er hätte mich vergewaltigen können, sagt sie sich. Sie hat Angst gehabt. Ein bisschen ... Denn sie hat Angst vor fremden Männern.

Vor deren Verlangen, von dem sie nichts weiß.

Dieser Mann ist der erste, den sie, abgesehen von ihrem Mann, von so nah gesehen hat, und schlagartig wird ihr klar, dass er alles andere als ihr Mann ist, dessen Blicke, Worte oder schweigsame Phasen sie nie deuten kann.

Was sie beunruhigt, ist, dass er sie einfach so hat gehen lassen, als ob er wüsste, dass sie bald zurückkommen würde.

Die junge Frau versucht ihr Kleid so schnell wie möglich auszuziehen, als würde sie von einem unsichtbaren Feuer versengt.

Auf dem roten Stoff sieht sie ihn.

Den tiefgründigen, intensiven Blick des Mannes. Er hat sich dort festgesetzt.

98

Wie an jedem Mittwoch schleicht sich das kleine Mädchen auch an diesem Tag in die Küche und holt den Schatz aus dem Kochtopf hervor.

Wie immer verkleidet sie sich, um feine Dame zu spielen.

Die junge Frau ist im Zimmer geblieben und bereits seit dem Morgen mit dem Haushalt beschäftigt – sie räumt auf, wischt, bereitet das Essen zu – und träumt.

Sie ist mit dem Kopf ganz woanders. Mit dem Körper auch. Nichts ist mehr da, wo man es erwarten würde.

Der Horizont hat sich hinter die benachbarte Wohnungstür verschoben.

Die Erinnerung an den Blick eines Mannes, nur zehn Schritte von ihr entfernt, bringt sie noch immer aus der Fassung.

Als sie dann ins Wohnzimmer kommt und ihre kleine Tochter in dem roten Kleid tanzen sieht, fängt sie plötzlich an zu weinen.

In ihren Augen ist ein Licht aufgelodert, das die Tochter noch nie im Blick ihrer Mutter gesehen hat und das über den Horizont hinausstrahlt.

99

Die junge Frau ist jetzt ruhig.

Sie hält die Hände ihrer kleinen Tochter, die noch immer tanzt, fest in den ihren.

Sie verstehen beide nicht, was passiert ist.

Was sie jedoch wissen, ist, dass sie gerne lange so eng umfasst bleiben würden.

Als ob Mutter und Tochter ein ganzes Leben voller Geheimnisse zu teilen hätten.

100

Wird sie das Kleid am Ende nie wieder tragen?

Die junge Frau möchte nicht in ihrem Schleier aus schwarzem, knitterfreiem Stoff einkaufen gehen. Dennoch hat sie ihn angezogen.

Niedergeschlagen steht sie vor dem traurigen roten Kleid, das auf einem Kleiderbügel in ihrem Schrank hängt.

Sie stellt sich diese schreckliche Frage, die eine schnelle Entscheidung fordert, als es läutet.

Wie in Trance geht sie zur Tür.

Sie öffnet sie.

Sie erkennt den Mann. Er begrüßt sie etwas unbeholfen, bevor er sie fragt, ob sie Aminata sei.

Die junge Frau bejaht, von einem leichten Unbehagen erfasst.

»Ja. Das bin ich«, stammelt sie verwirrt.

Der Mann lächelt. Er nimmt ein Päckchen aus seiner Tasche. Er sagt zu ihr:

»Für Sie.«

Die Tür schließt sich wieder, und die junge Frau beginnt zu zittern.

Sie zerreißt ungeduldig das Papier, dann seufzt sie, als sie sieht, was sich darunter verbirgt.

»Warum hat er mir das gebracht?«

101

Das Buch liegt auf dem Küchentisch.

Vor ihr.

Feierlich.

Sie hat es noch nicht geöffnet, doch jeder würde es erkennen, auch ohne es zu öffnen: Es ist das Heilige Buch. Alle Bücher sind Quellen des Wissens, Universen, die man entdecken muss.

Alle Bücher besitzen in den Augen der jungen Frau auf eine gewisse Weise etwas Heiliges.

An den Verstand zu glauben, das hat sie das Buch ihres Freundes Immanuel Kant gelehrt.

102

Er weiß es, natürlich. Nicht wahr, er weiß es?

Doch wie macht er das? Wer ist er, dass er einfach so ihre Fragen beantwortet?

103

»›*Was ist Aufklärung?* Lesen Sie. Sie werden klarer sehen. Sie werden sehen, dass kein Gebot des Heiligen Buches besagt, dass Sie beim Jüngsten Gericht in Asche verwandelt werden, wenn Sie nicht dieses Kleidungsstück tragen. Kein religiöses Gebot befasst sich mit einem Stück Stoff. Kein Gebot des Buches gibt einen Hinweis darauf, dass Sie zu verdammen wären.‹«

Die kleine Tochter hat den Brief des Nachbarn fertig entziffert.

Des Mannes mit den tiefgründigen Augen.

Mit dem struppigen Haar.

Mit dem struppigen Blick und den freien Gedanken.

Die junge Frau fragt sich, was für eine Beziehung dieser so außergewöhnliche Mann zu den Büchern hat, die man ihm gibt und die er verteilt, doch sie zweifelt nicht mehr an seinem Wissen.

»Lies mir vor. Lies mir bitte noch mal vor …«, bittet die junge Frau ihre Tochter ganz aufgeregt.

Und die Kleine liest.

Es gibt Sätze, die einen bestimmten Geschmack im Mund hinterlassen. Wie Bonbons, die wundervoll nach Frühling und Verwegenheit schmecken.

»Und jetzt?«, fragt die kleine Tochter. Sie versucht, sich einen Reim auf das Ganze zu machen.

Die junge Frau holt das rote Kleid aus dem Schrank.

Kämmt sich das Haar.

Streicht ganz vorsichtig über die Falten ihres Kleides, schlüpft hinein und begegnet ohne Furcht ihrem Spiegelbild.

»Nichts«, antwortet sie nach langem Schweigen. »Aber wenn ich dich morgen zur Schule bringe, werde ich es tragen.«